瘟神占領的城市

白靈——著
李瑞騰——主編

【總序】不忘初心

李瑞騰

一些寫詩的人集結成為一個團體，是為「詩社」。「一些」是多少？沒有一個地方有規範；寫詩的人簡稱「詩人」，沒有證照，當然更不是一種職業；集結是一個什麼樣的概念？通常是有人起心動念，時機成熟就發起了，找一些朋友來參加，他們之間或有情誼，也可能理念相近，可以互相切磋詩藝，有時聚會聊天，東家長西家短的，然後他們可能會想辦一份詩刊，作為公共平台，發表詩或者關於詩的意見，也開放給非社員投稿；看不順眼，或聽不下去，就可能論爭，有單挑，有打群架，總之熱鬧滾滾。

作為一個團體，詩社可能會有組織章程、同仁公約等，但也可能什麼都沒有，很多事說說也就決定了。因此就有人說，這是剛性的，那是柔性的；依我看，詩人的團體，都是柔性的，當然程度是會有所差別的。

「台灣詩學季刊雜誌社」看起來是「雜誌社」，但其實是「詩社」，一開始辦了一個詩刊《台灣詩學季刊》（出了四十期），後來多發展出《吹鼓吹詩論壇》，原來的那個季刊就轉型成《台灣詩學學刊》。我曾說，這一社兩刊的形態，在台灣是沒有過的；這幾年，又致力於圖書出版，包括同仁詩集、選集、截句系列、詩論叢等，迄今已出版超過百本了。

根據白靈提供的資料，二〇二一年有六本書出版（另有蘇紹連創立主編的吹鼓吹詩人叢書兩本，不計在內），包括截句詩系、同仁詩叢、台灣詩學論叢，各有二本，略述如下：

截句推行幾年，已往境外擴展，往更年輕的世代扎根，也更日常化、生活化了。今年有二本：一是《斷章的另一種可能——截句雅和詩選》，由寧靜海．漫漁主編；一是白靈主編的《疫世界——2020～2021臉書截句選》。

「同仁詩叢」有蘇家立《詩人大擺爛》，自嘲嘲人，以雜文筆法面對詩壇及社會，暗含一種孤傲的情緒。另有白靈《瘟神占領的城市》，除了寫愛在瘟疫蔓延時，行旅各地的寫作，或長或短，皆極深刻；有一些詩作，有畫有影相伴；最值得注意的是原稿檔案，像行動藝術，詩人把詩完成的過程向讀者展示。兩本詩集，我各擬十問，讓作者回答，盼能幫助讀者更清楚認識詩人及其詩作。

「台灣詩學詩論叢」，有同仁陳鴻逸的《海洋・歷史與生命凝視》，活躍於吹鼓吹詩論壇的這位青年學者，勤於筆耕，有詩文本細讀能力，亦擅組構綿密論述文本，特能進出詩人的詩世界。而來自香港的余境熹，以《五行裡的世界史——白靈新詩演義》獻給台灣讀者，演義的真工夫是披文以入情，詩質之掌握是第一要義。

詩之為藝，語言是關鍵，從里巷歌謠之俚俗與迴環復沓，到講究聲律的「欲使宮羽相變，低昂互節，若前有浮聲，則後須切響」（《宋書・謝靈運傳論》），是詩人的素養和能力；一但集結成社，團隊的力量就必須凝聚，至於把力量放在哪裡？怎麼去運作？共識很重要，那正是集體的智慧。

台灣詩學季刊社永不忘初心，不執著於一端，在應行可行之事務上，全力以赴。

白靈答編者十問

李瑞騰

1、你如何界定這本詩集在你的現代詩寫作史上的位置？

答：

會成為一個詩人，既是偶然也是必然。說是偶然，可能因為參加了一個文藝營，認識了幾個寫詩的同好，或參加了什麼樣的活動、看了幾本跟詩有關的書，就這樣子踏上寫詩的路，最後成了一個詩癮者。而說是必然，因為詩是宇宙之花，它遍在全宇宙各星球、各個高等智慧的心靈、大腦裡，其實是基因裡。只是差在有沒有機緣被挖掘出來而已，這是我對詩的基本認知。

寫詩就像一個人在心上開一朵花，即使每年開不一樣的花，但眾花之間必有根源相近之處，盡其在我即是。

在出版的諸多詩集中，《白靈截句》（二〇一七）及《野生截句》（二〇一八）兩本截句詩集及另一本尚未出版的截句集共約三百首，是近四年多用力較深的詩形式。此詩形式的倡議回響很大，褒貶卻非常兩極化，連自己詩社同仁的反應都一樣。個人認為此小詩形式影響深遠，參與其中收穫甚深，一如我的五行詩一樣，是個人創作的高峰之一。

至於此詩集因是繼二〇一〇年《昨日之肉》、《五行詩及其手稿》二集，還有二〇一三年《詩二十首及其檔案》之後，所收集的近八年的作品，有點慚愧，顧此失彼，截句用力太深，在短詩（十一～三十行）及中長型詩（三十一行以上）的詩就施力稍欠，因此還算勉強可以交差的一本詩集。倒是如四十七行〈大神〉、組詩如四十四行的〈洞〉或六十行的〈黑巷〉這樣行筆自如的創作形式，會是未來一段時間寫作的重心。

2、本集收八十首詩，分段的散文詩六首，其餘皆分行自由體，詩型偏小，二十行以上的（含）只十二首，最長的幾首是〈想像阿里山〉

（三十九行）、〈如果這裡的磚頭也有記憶—印象中山堂〉（四十六行）、〈大神〉（四十七行）。對你來說，這是常態嗎？你對題材和形式的關係有什麼看法？

答：

詩人會把詩寫長或寫短，與個人的習慣、閱讀、時代的影響可能都有關係，每個人狀況不一。我自己年輕的時候受到當時時代氣氛的影響、敘事詩的提倡等，會比較偏向寫中長型的詩作，但回頭自我檢視，一九七三年我第一首發表的詩只有四行。一九八六年以後開始寫五行詩，那之後斷斷續續寫了一百首後，要到二〇一〇年才結集出版成《五行詩及其手稿》。這其間寫小詩是寂寞的、非常非主流的。

只因偶然有一回我把我的一首二十行的〈衣帶漸寬終不悔——王國維〉，跟五行的〈風箏〉擺在一起，請一位建中的學生來評比，前一首其實我花了甚大的力量才寫好，而後一首是很輕易就完成了的小詩。結果他說他非常喜歡這首〈風箏〉，當場令我非常的驚訝。其後這首五行詩陸續被選入三家出版社的國中課文中，迄今近二十年都沒被抽換掉。其他多首五行詩也一再被詩友或讀者提及或譜曲，那些用力極深的中長型詩反而乏人問津。加上網路興起、行動裝置、智慧手機的盛行，詩作流通進入盛世，詩作微型化才漸漸成為趨勢。

我多度思考詩的題材以及形式有什麼必然的關係？得的結論是，詩以語言為依歸，所有的思維想像最終都被打扁壓縮精煉成語言，除了語言，什麼都不是。如果能夠用最精簡的短詩小詩或微詩俳句一行詩的形式把它完成，又何苦將它搞成三四十行或五六十行甚至更長的詩作。除非題材超過短詩小詩的容量，非得寫長不可。如果短詩小詩容納不下的題材，就會自然地往外擴張，寫出更長的作品來。比如四十七行的〈大神〉就是一例，其實集子中的組詩如四十四行的〈洞〉或六十行的〈黑巷〉也都可歸為中型詩，那是它自己長成這題材該有的長度。其他偏向短小形式，會是常態。

3、進一步想請教你，我看你在偏小型的詩中也常會分段，一首詩中兩行一段、三行一段的情況不少，卷一從〈下落〉到〈框架〉都是，你是怎麼想的？

答：

有些人寫詩都不分段，年輕時有一度我也是經常二三十行、三四十行一口氣寫到底不分段或頂多兩段，到最後又常常跳出單獨一行，另立一段，那是我早年常使用的形式，比如〈鐘乳石〉、〈竹葉青〉、〈白髮記〉、〈祖籍〉、〈千禧遊龍〉等詩都是，那時候比較注重整首詩的結構、想法的完整，個別句子的語言反而沒有那麼特別講究。

後來從寫五行詩開始，起初也是五行就一段，其後發現五行之中也可有停頓或轉折的必要。一九三五年卞之琳的〈斷章〉、一九三七年紀弦的〈戀人之目〉都只有四行，卻都分成兩段，就是最好的例子。也就是語言要跟音樂一樣，不可能中間都沒休息，每一個字其實就是一個音符，每兩行或三行或五行就是一節音樂，如此節與節間就應該有休止符，或者停頓，可以讓閱聽人有喘息的空間。

所以短詩或小詩會比中長型詩更注意語言和意象，有分段跟沒分段造成的效果有一些區別。〈下落〉到〈框架〉兩行一段或三行一頓，其實是給讀者一個停留，就像休止符加入節奏或者跳舞的偶然停頓，都會造成一種額外的空間，讓讀者有一個喘息、彷彿看到什麼神妙表情希望暫時停格、或有回頭自我省思的機會。

4、順便談一下散文詩。最近台灣詩學季刊社也在推動散文詩，在理論、批評、創作上，必有一些作為與成績；你過去在這詩類上也有一定程度的創作量，李長青編散文詩選才會選你的作品；在本集中有六首，全在卷二，皆時評，諷刺意味強烈。看來詩類的選擇顯然和題材有關，可以談談這個問題嗎？

答：

台灣詩學季刊社自二〇一七年初起，這四、五年來專注在兩種詩形式的提倡：前三年主力是在提倡小詩中的截句，後兩年則提倡散文詩的形式，二〇二一年截句雅和的推動則又是另一話題。而這些形式都是台灣詩壇或者兩岸詩壇過去百年來始終未成為主流詩壇關注的部分，卻是極可以發展的詩形式。他們在未來必然越來越重要，而且參與的人會越來越多。在台灣詩學沒有朝這小詩和散文詩兩方面來用力之前，這兩個形式寫的人其實是非常少，經過這幾年的努力，這兩個形式才受到大家的矚目，未來好的作品也會越來越多。

所以一個詩社除了詩人本身把自己的詩寫好之外，其實可以透過集體的力量，將詩的主張比如詩形式及其相關的議題，以集體創作、討論研究的方式，把詩往那個方向推進。

我個人在散文詩的創作上，從第一本詩集《後裔》就已經開始寫了，其後在每一本詩集頭多少都會出現一兩首或兩三首，但並沒有集中在這方面用力。一直到《詩二十首及其檔案》中才稍為集中寫了七首化學詩，把我自己專業的化學的知識以及感受跟散文詩形式做一個結合。而在散文詩中得到的自由和想像空間、以及可以放縱的技法是分行詩很難達至的，它兼有散文的較低進入門坎，與讀者親近的可能性也大大增加。

本集中有六首，全在卷二，除了〈多巴胺〉外，的確皆時評，諷刺意味強烈。但詩類的選擇並不一定和題材有關，而跟當時手法的選擇、想像的自由程度、和語言帶入散文口語的放縱度較有關。我寫過最長的散文詩是好幾千字的〈甍之復仇〉，描述南京大屠殺，借夫子廟上被偷盜的「甍」作為象徵，結合小說、詩、散文的手法，個人是覺得非常過癮的表現方式。此時，要叫散文詩或什麼名稱，都已經無所謂了。

5、你對於時事有一定程度的關切。一般的新聞詩常流於抒怨洩恨，詩人之眼一定得超越名嘴，醒世警世之外，能否有比較深刻的感悟，是一項挑戰。你如何看待自己在這方面的表現？

答：

談到對時事的關切，剛好可借此談一下個人對藝術導向的看法。筆者在第一本詩集《後裔》（一九七八）的後記〈寫詩餘話〉中即曾寫道，百姓在強權之下常遭任意擺佈：「『真』『善』等等便只能在『美』的嘴裡喊喊而已，這樣無力地喊喊而已」、「悲哀的是，多少血淚浩劫大禍，在詩人的嘴裡，卻常唱不出一句話來」，即便如此，卻不能視而不見，更不能不想方設法在詩中予以藝術性地呈現，這樣的認知數十載始終未變。

很多年前也曾在〈析評鄭愁予的境界觀——兼談藝術導向的多元化（新詩趨勢小論之五）〉一文中（收錄於《煙火與噴泉》（一九九四，三民））提及鄭氏「三境界」說、及個人對「藝術導向多元化」的看法。鄭氏「三境界」略謂：第一層界係個人自我，第二層界為社會民族，第三層界乃天地宇宙。並謂，有由第一層界進入第二層界者，即由個人小我擴展為社會民族的大我，有由第一層界直入第三層界者，即由個人自我拓開為天地宇宙的大我，中間跳過第二層界，即與社會民族無關；又謂，又有由第三層界再返回第二層界者，則其胸臆恢宏，人道主義精神豐富，可說「境界最高」。上述流程可表達如下面圖一所示。而筆者則提倡藝術的導向的多元觀，可區分為下面四種，今天看來，依然成立：

（一）純粹經驗的藝術導向：個人自我與天地宇宙的交集（強調天人合一的和諧或個人潛意識與自然的對應或衝突）。

（二）地域意識的藝術導向：個人自我與社會民族的交集（常強調本土性，或各族群的自我重新認同）。

（三）人道主義的藝術導向：天地宇宙與社會民族的交集（強調悲天憫人的藝術關懷，此即鄭氏「最高境界』的範圍」）。

（四）現實與理想的藝術導向：個人自我、天地宇宙及社會民族的交集（強調現實與理想的互動性，亦即它們彼此之間隨時處在變化之中。如以兩岸問題為例，其理想是全體華人的自由民主化，其後才是各民族或各地區的自由選擇統一或分裂）。

上述四導向可表示為圖二（參見《煙火與噴泉》一書）。而因人是變動的，創作時關懷層面顯然也會變化，也就是詩人並不會固定於某一導向的，但其傾向可能會較集中於其一或二。上述的區分也不代表何者為較佳之「境界」，「藝術的完美」才是最重要的。只要是「完美的」作品，即使非常「個人」的，也遠勝於「非完美的」非常「民族」的作品。詩人寫的是殊相或共相，並不重要。過去世人常以「境界的範圍」品論詩人「境界」的高下和名次的先後，其實無此必要。這也就是說，「藝術導向的多元化」應是文學最正常的發展，至於尋求「境界高下」其實還不如追求「境界的完美」、「藝術的完美」來得重要，不管寫的是哪一層界，或上述哪個藝術導向，完美無疵的作品就是最高境界，在「無中心」的前提下，各以個性氣質所趨、興趣所好，執一或多棲，不必以己之所好即為主流。

今日回顧，上述「多元藝術導向觀」仍然新鮮，可以此檢視詩人某時或某年代的關懷傾向。以時事或新聞詩來看，可能是上述導向中的（一）或（三）或（四），與寫有歷史感的詩作一樣，若能兼得，自是最好，不流於抒怨洩恨，除醒世警世之外，透過深刻的感悟，以新奇的語言、跳脫的意象，一抒胸臆，的確是一項挑戰。〈下落〉、

〈山腰望宜蘭平原〉、〈大板根雨中即景〉接近（一），〈新九份五首〉、〈夜宿金瓜石〉接近（二）。〈瘟神占領的城市〉、更短的〈疫事截句六首〉接近導向（三），四十七行的〈大神〉在（三）（四）之間，〈天眼——齊柏林〉或接近上述導向（四）。當然，這樣將個別詩作的歸檔於上述四導向並非妥當，也無必要。整體詩作的傾向反而較易歸納。但一如前面說的，哪個藝術導向的作品並無高下，能寫出完美無疵的任何導向的作品才最要緊。

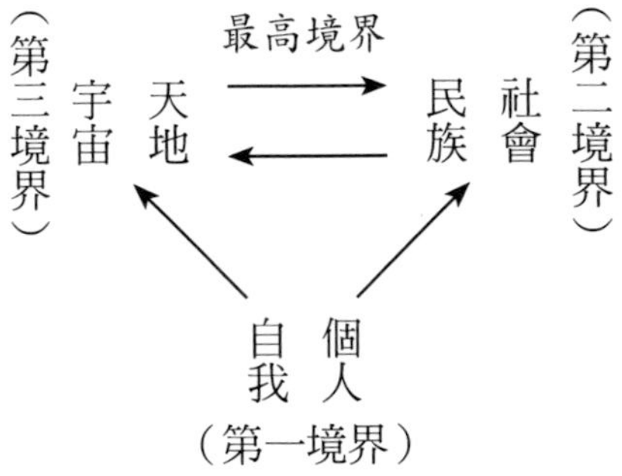

圖一　鄭愁予三境界觀

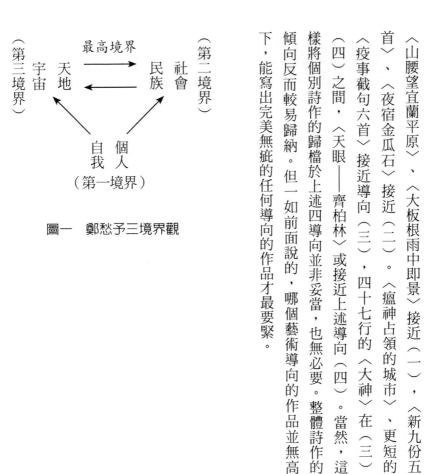

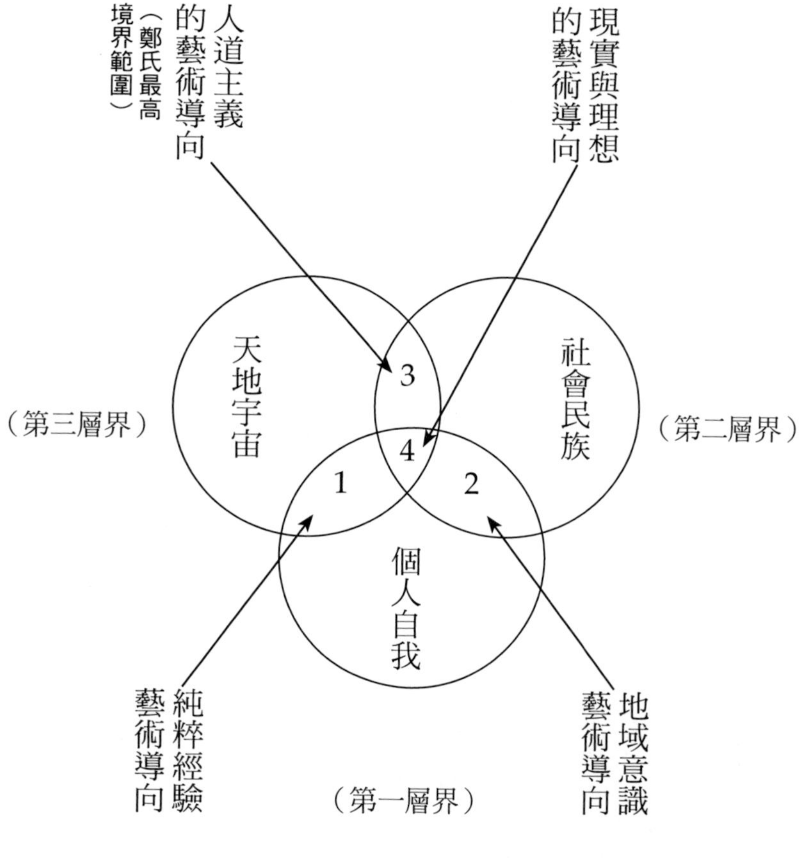

圖二　白靈多元藝術導向觀

6、你行旅各地的寫作，在地方特性的掌握上已是深刻的地誌書寫，與蜻蜓點水式的遊記自是不同，這方面應該有一些可以和讀者分享的經驗。配圖的部分，你認為確有相得益彰之效嗎？

答：

有一群社區大學的學生跟我學習「生活與寫作」超過二十年。這麼長期的教學互動中，每一年會安排八次的戶外教學活動，會去到台灣各城市鄉鎮山村部落離島去參觀去學習，認識地景人物、動植物、學習技藝、拜訪詩人藝術家，後來出了五本詩集，有三本書叫做《記憶微潤的山城：金瓜石・詩的幻燈片》（二〇〇七）、《被黑潮撞響的島嶼：綠島詩、畫、攝影集》（二〇一一）、《記憶微潤的山城2：九份、詩、攝影集》（二〇一三）。

行旅過程中盡量不走馬看花，而是安排各種學習、在地的導覽、甚至住宿三四天。從與學生的互動過程中，收穫良多。以九份為例，其間出入四五次，深入山區淘金廢棄的大粗坑小粗坑，步履艱難地造訪昔人走過路徑，學習如何淘洗沙金，認識淘金坑道、拜訪當地的藝術家釘畫家、社區工作者等，這與一般遊客所走的路線及認識的九份是大相逕庭的。而從其中也認知到，土地再小的地方都有無限可探究的面向和內容，也沒有什麼是可以被窮盡的。一地一景乃至一盆花草都是探索不完的，若再加上人參與其中，夢想摻入其內，可挖掘的就更加豐碩。這大概也是地誌詩能成立的理由。

此集中的九份、金瓜石、蘭嶼、金門大膽二膽、馬祖，即是其中的小部分。

而關於詩配圖這個部分，由於印刷技術方便、及手機攝影的便利性，每到一地，就留下一些圖像，由其中撿出一二搭配詩，自娛兼吸睛，閱讀時，有個參照的對象。至於效果如何，就待閱讀人去各自評斷了。

7、卷一〈黑巷〉有「七帖」，標在詩題上；〈洞〉也有七帖，卻沒標；卷二〈疫事截句六首〉與卷三〈新九份五首〉的處理方式不同；卷四〈冬日黃山行五行〉其實有兩首。你如何看待這一題多首現象？

答：

二〇〇七年台灣詩學季刊社十五週年時，我跟幾位同仁在唐山出版社各自出版了一本詩集，筆者的集子叫《女人與玻璃的幾種關係》，三十五首中就收入了八首組詩，比例很高，此八首是：〈女人與玻璃的幾種關係（七帖）〉、〈飲茶小集（七帖）〉、〈泡茶（五帖）〉、〈芒花(四帖)〉、〈宿金瓜石（四帖）〉、〈九份（五帖）〉、〈什麼（七帖）〉、〈音樂流動時（三帖）〉。現在回頭去檢視，發現每一首組詩的每一帖都有小標題。記得當初寫的時候，大半沒有下標。後來之所以會下標，主要是幫助讀者在閱讀時上下帖的連貫或聯想。而其實在一開始寫作的當中，很多詩都是一口氣、或跳躍式的完成。所以通常還是把組詩當作一首中長型詩來看待。

組詩的書寫要比一般不分帖的中長型詩要自由、便利、詩想跳躍更自如，很過癮，是我喜歡採用的詩形式之一。而此集中〈洞（七帖）〉一詩沒有下小標題，可能是因為這首容易上下連結，因此就將之省去不寫了。

而關於〈疫事截句六首〉，其實是在臉書上於不同的時間分別書寫的，因為性質相近，所以擺在一起，他跟組詩不管幾帖都只當一首詩去書寫的心態不太相同，〈新九份五首〉也有點類似。

8、〈瘟神占領的城市〉是一首詩，詩題既用來作為「卷」名，又被用來作為「書」名。這樣的處理方式，有什麼樣的考量？

答：

〈瘟神占領的城市〉本來是一首詩，後來當作卷名，最後被當作書名。這樣的處理，其實是把瘟神當作大神來看，他們介入、包辦、或者說掌控了我們大部份的食衣住行、生老病死、乃至思想意識的一切。〈疫事截句六首〉、〈大神〉及此集散文詩如〈人人心中在座禁閉室〉中批判的對象，背後均涉及了某些不為人知的權／財暗盤交易。而其他詩作凡涉及憤世嫉俗、要批要判的對象，都可以視為瘟神的化身。

那些有權勢占高位的掌權者、網路操控者、藝術電影或醫藥系統指導者，不論是檯面上人物或背後的影武者，他們是大神可能也是瘟神，好的部分可以讚揚，壞的部分要勇於揭發。不能掩耳盜鈴、成為幫凶、或避而不視視而不見。即使其間關係錯綜複雜，即使偶而有所誤解，詩人也要大膽書寫。

9、對我來說，這本詩集的亮點之一是二首「附原稿檔案」：〈大神〉六稿，〈夜宿金瓜石〉十四稿，可惜沒有解說。如果有十個案例，也許可以考慮寫成一本專書，說明數「易」其稿的情況，會是一本有助於詩藝學習的專書。

答：

身處網路時代，人人一支手機、家中兩三台電腦，手稿成了稀有事物，早年留下的手稿本是廢紙，如今成了寶貝。過去寫詩過於自珍，常留下一些詩各階段的底稿，或一二或三四稿、五六稿甚至十幾稿。二〇一〇年出版的《五行詩及其手稿》痕跡最明顯，因為短，很容易看出其中字詞的更易、思考的痕跡和改變。同仁解昆樺在不同詩人手稿研究方面曾下了極大工夫，做了諸多深入的探討，值得鼓掌。

後來筆者於《詩二十首及其檔案》（二〇一三）中，以電腦存檔的方便性，將二十首中十八首的寫稿過程檔案均逐條列出。比如〈濁水溪〉一詩中排列了二十易其稿的過程，包括用手改電腦紙本的手跡，而若要據此逐條研究其細節，恐是大工程。同樣的，本集中則只收了〈大神〉六稿，〈夜宿金瓜石〉十四稿電腦檔案，前者用三星手機Note 9記錄在筆記欄目中，要較簡略，所以只六稿。後者用電腦，可較易操作，故有十四稿。而比起存藏手稿，行動裝置或電腦檔案透過選擇性地留存，究竟比起手稿，要更便捷。以電腦為例，一首詩可一口氣寫完，再往前用「回復」的方式，留下一個個階段的檔案，往往隨手就可留下二三十個檔案，也提供了比手稿更清楚的理路思索的變化。

往年病態式的敝帚自珍，竟留下一些走過的痕跡。詩要初稿即定稿，甚為稀見，會改稿往往一再檢視結構是否完善、想法是否奇特、字句是否新穎、藝術效果是否可觀，此過程本就極為主觀，往年手稿可置抽屜幾日乃至幾月幾年後再看；鍵打檔案存取輕易，卻不奈久置，能否客觀自我審視，就要端看詩人心中那把尺了。

10、這本詩集出版以後，你還想寫什麼？會考慮所謂詩史地位嗎？

答：

詩是宇宙之花，必遍在宇宙各角落的深處，可以想見，同一天不曉得有幾千萬甚至上兆首詩被多少無緣相見但必定存在的高等智慧生物，同時間創造出來，如同花朵，隨開隨落，隨心即是。

詩是靈魂的飛行器，各人駕駛的動力和機能可持續飛行多久，無人可以預見，盡力飛入自我心靈深處，與萬物同理、與其他人的血脈在黑暗中相遇相連，甚至量子糾纏一下，如此偶爾再噴發幾場煙火、也就夠了，其他都不是那麼重要了。

目錄

卷三：這座城

卷四：魔鬼花

30　瘟神占領的城市

卷一

時光的道場

蟬聲雕琢的耳卷
收攏住千萬句喧囂
微小才是時光道場的要角
輕快流逝　何須修辭

號角

時代搓圓了一個嘴型
靠近過它
吹響了槍
和怒火

吹直了神經
吹斷了髮
和故鄉
吹走滿天掉落的羽毛

吹醒了死亡
撲上未亡人的胸口

企圖匆匆遮掩
故事深黯的洞

而今蹲在灰濛濛的
牆的腰際
彎成一個問號
不發　一語

二〇一八年

晚春過五老峰下

寺院內外
還在靜養的
是一整個夏季的蟬聲
幾朵白雲飛過來
息心在
五老峰頂上
摩崖石刻下方
揚飛的落花不都是
僧侶們斷臂的相思嗎

日影穿過樹林
照進以洞為室古老的

普照寺裡
正看見振慧和尚
以壁影剛剛起身
執毫挽袖
伸入自己心頭
大筆一揮
就是四米高一個
佛
字

二〇一八年八月二十九日刊於聯合報副刊

下落

評點河水的陽光
低低啞啞　碎金似跳盪

翅族們輕鬆就停格
在鐵道的半空中

蟬聲雕琢的耳卷
收攏住千萬句喧囂

微小才是時光道場的要角
輕快流逝　何須修辭

如布袋戲中的尪仔頭
跳過童年之背　即下落不明

二〇一六年二月二十三日刊於聯合報副刊

執

誰能執住夢
像枝椏執住葉？

但誰　真的想阻止
誰的凋落？

月光　潮水似退出門去
故事從此迷了路

心
才隨風飄

二〇一八年

滅

從你的手臂延伸出去的
夜色
已越過地平線

緊粘的一點餘暉
也被你的指尖
抖落了

似乎仍有什麼
想浮上來　好點評
這荒闊　及空無

像一座巨大的卵宮
闇黑　祕密　枯望著
千萬隻小不點轟然而至

超光速
刺進視野　愣頭愣腦
正是一隻小星

二〇一五年二月二十八日

刺鳥

找刺的說自己是鳥
找鳥的說自己是刺

刺說鳥不是想的那隻鳥
鳥說刺非傳說中那根刺

歌聲猶停在空中等待
那濺血才能完成的神話

（導演喊：「卡！」
神父欲滴的舌尖
離女主漲紅的唇僅差一粒空氣）

泡沫

那是否所有肉身
都要捏出的
時間的形狀？

脹到不能再脹
浮到水面或風口
顫慄著

是一次絕症的
旅程嗎
一顆泡沫？

天闊水闊
風　如此
險

二〇一五年

折疊

河邊一隻小黃蝶在空中
折疊著我的視線

眼前飛過一片殘夢
偶然打開了緊緊折疊的昨日

回程　我走入一首詩
在這個字中打開我的折疊

在那個詞中
又趕緊折疊起我的打開

二〇一五年

下班

一條長街因擠進來一輪落日
突地調低了高分貝的噪音
寧靜塞滿了所有玻璃窗
輝煌與災難此刻竟是同義詞
像歡呼蒸熟的原子彈
正要降臨
而除了火　誰有能力
自動調暗天候呢？

從高處下望　滿街漂浮的
一球球　分不清是人頭　還是眼珠子
沒多久就滾動成
我夢裡一河黑的泡沫了

二〇一五年五月

框架

觸礁是現在撞到過去
暗埋的危機

無法忍受雲的退散
如何成就湛藍

一朵雲等值於一座暗礁
或暫或久的框架罷了

框架外的牽牛花
更像可以牽牛的花

小細節才移得動伸展台
如風移　動整座天空

二〇一六年二月刊於野薑花詩刊

黑巷（七帖）

（1）茶室

燈光暗紅
一間間小房間
如蜂群走空的巢
這是滴汗的下午
為吃一枝冰棒闖進
小學同學家
閣樓上有人在唉叫
隔壁公園遊民在午睡

（2）暗巷

才黃昏
暗巷已深不見底
阻街女從河底
伸出噴香的纖指

「少年吔，來嘛」
那晚黑巷伸進夢裡
沿途鋪設泅不盡的
漩渦

（3）本來面目

星星本在那裡
只有夜黑
才一顆顆亮起

黑暗是一隻隻手
還是被放下的帷幕？

什麼是我的星星？

（4）欲望

歲月放入汲桶
把放縱的青春
從井底
一桶桶撈起
總該有見底之時吧

老舊的桶下探
依然聽見
擊水之聲

（5）看不見

邁開步前探
撞上黑漆的牆
頭破，而血甜甜的

才轉身
又踏入虛黑營造的空
但聽見嚎叫淒厲

什麼面目是
夢摸不到底的
深淵？

（6）阿公店

阿美的蛇身纏住
阿公動都不想動

燈花對歌聲划拳
紅唇和手指猜謎
煙和啤酒灌滿
整條巷弄

只有笑聲突然把夜
舉高

（7）三水街

小學三年級離開時
不明白什麼是上
什麼是下

直到初中打開開關
才知那是集三條河水
都灌不滿的一條街

藏在台北褲襠裡的
屬於台北下半身的
窄弄

遙遠以來
連接著我人生的
一條
黑巷

二〇二一年九月六日刊於中國時報人間副刊

洞（七帖）

（1）

進入一個洞
突被一想法抱住
這是進去
還是出去？

（2）

「要關燈了」
導覽員忽然說

足球場大的鐘乳溶洞
瞬間塌成墨黑世界

一切在，一切都不在

（3）

你的文字是一個洞
我不小心進入
開始摸索
你靈的殼
　魂的壁

一整夜
找不著出口

（4）

隔著桌對坐
有一瞬間
光面桌上倒映著你
眼前遂拉開成
一座天池
深不可測蓄水的
隕石坑

我們丟入眼珠子
在其中互捉

（5）

夜是溶洞
鐘乳向下
石筍向上

水　互　滴
百年　滴向　千年
萬年　滴向　億年

（6）

導覽員才忽然說
隔了千百世紀
「要開燈了」
小壁燈一亮，我們
又回到溫暖的洞
眼前林立著鐘乳
和石筍
上　下　相互
滋潤著

（7）

出了洞
重新被熟悉抱住
這是出去
還是進去？

二〇二一年十月十五日刊於自由時報副刊

卷二

瘟神占領的城市

你是1你是什麼
你是0你不是什麼
你是他們運算世界咀嚼天下食色
或相互砍殺時擲出的籌碼

大神

——天地不仁，以萬物為芻狗（老子）

他們不製造風雨
他們在你的天空挖洞
他們不地震你
卻可瞬間移走你
腳下土地

他們在你的夢裡製造利空
使你心和身下墜
卻拉你眼神上天
他們是無技不能的大神
高坐密室裡施令

用鐘磬鍋爐引擎煙囪按鈕發號
而你是誕生無塵室
注定飛盡一生的工蜂
於細小花兒與巨大蜂巢間
揮壞雙翅

你是1你是什麼
你是0你不是什麼
你是他們運算世界咀嚼天下食色
或相互砍殺時擲出的籌碼
自歷史的那端到歷史這端
他們永遠是搖骰子的莊家
而你只有不停下注的份
在田在房在股市在職場在選票在流行
在產房與殯儀館間
一起把地球的腦殼狂歡到極端
又得靠他們用程式ＡＩ會議戰爭ＱＥ
擰乾你的汗水去冷卻

左手當你電腦的機
右手又教你軟體防毒
他們是一群好人出身的慈善家
在報紙電視手機網路不停複製絕望
如忙於繁殖圍堵解密病毒
再拋給你疫苗的救生艇
消費！消費！消費成了自救的贖罪券
但幾百萬人死亡都不比他們
捏掉一條指紋的皮屑
更有味道

他們不製造混亂
他們在每個人的後腦勺插上神祕晶片
他們不運轉你
因為有你
地球在他們股掌間運旋自如

如此照護你一世一生
他們是無役不予，高坐孤塔
早嵌入你心尖和潛意識
你鄙夷，卻對之稱臣俯首的
大神

二〇二一年九月九日刊於聯合報副刊

附：〈大神〉原稿檔案（共六稿）

〈一稿〉：〈醜神〉——天地不仁，以萬物為芻狗（老子）

他們不製造風雨
他們在你的天空挖洞
他們不地震你
卻可瞬間移走你
腳下土地

他們在你的夢裡製造利空
使你心和身下墜
卻拉你眼神上天
他們是無所不能的醜神
住在密室裡施令
用鐘磬鍋爐引擎煙囪發號
而你是生在無塵室

注定耗盡一生的工蜂
於細小花兒與巨大蜂巢間
揮壞雙翅

自歷史的那端到歷史這端
他們永遠是擲骰子的莊家
而你只有不停下注的份
在田在房在股市在職場在選票
在產房與殯儀館間
一起把地球的腦殼加溫到極端
又得靠他們用程式ＡＩ會議戰爭ＱＥ
幫忙快快冷卻

左手當你電腦的機
右手又教你軟體防毒
他們是一群好人出身的慈善家
在報紙電視手機不斷複製絕望

如忙於繁殖病毒圍堵病毒解密病毒
又趕工如假包換的民主如趕製疫苗
但幾百萬人死亡也不比他們
捏掉一條指紋的皮屑
更有味道

他們不製造混亂
他們在每個人的後腦勺插上神祕晶片
他們不運轉你
因為有你
地球在他們掌上運旋自如

如此照護你一世一生
他們是無微不至的醜神

二〇二一年七月三十日

〔二稿〕：〈醜神〉——天地不仁，以萬物為芻狗（老子）

他們不製造風雨
他們在你的天空挖洞
他們不地震你
卻可瞬間移走你
腳下土地

他們在你的夢裡製造利空
使你心和身下墜
卻拉你眼神上天
他們是無所不能的醜神
住在密室裡施令
用鐘磬鍋爐引擎煙囪發號
而你是生在無塵室
注定耗盡一生的工蜂
於細小花兒與巨大蜂巢間

揮壞雙翅

你是1你是什麼
你是0你不是什麼
你是他們運算世界咀嚼無聊
或相互砍殺時的籌碼
自歷史的那端到歷史這端
他們永遠是擲骰子的莊家
而你只有不停下注的份
在田在房在股市在職場在選票在流行
在產房與殯儀館間
一起把地球的腦殼加溫到極端
又得靠他們用程式AI會議戰爭QE
幫忙快快冷卻

左手當你電腦的機
右手又教你軟體防毒

他們是一群好人出身的慈善家
在報紙電視手機網路不停複製絕望
如忙於繁殖病毒圍堵病毒解密病毒
又趕工如假包換的民主像販賣疫苗
但幾百萬人死亡也不比他們
捏掉一條指紋的皮屑
更有味道

他們不製造混亂
他們在每個人的後腦勺插上神祕晶片
他們不運轉你
因為有你
地球在他們股掌間運旋自如

如此照護你一世一生
他們是無微不至萬能至上的醜神

二〇二一年七月三十一日

〔三稿〕：〈大神〉——天地不仁，以萬物為芻狗（老子）

他們不製造風雨
他們在你的天空挖洞
他們不地震你
卻可瞬間移走你
腳下土地

他們在你的夢裡製造利空
使你心和身下墜
卻拉你眼神上天
他們是無技不能的大神
高坐密室裡施令
用鐘磬鍋爐引擎煙囪指頭發號
而你是誕生無塵室
注定飛盡一生的工蜂
於細小花兒與巨大蜂巢間

揮壞雙翅

你是1你是什麼
你是0你不是什麼
你是他們運算世界咀嚼食色
或相互砍殺時擲出的籌碼
自歷史的那端到歷史這端
他們永遠是搖骰子的莊家
而你只有不停下注的份
在田在房在股市在職場在選票在流行
在產房與殯儀館間
一起把地球的腦殼狂歡到極端
又得靠他們用程式AI會議戰爭QE
擰乾你的汗水去冷卻

左手當你電腦的機
右手又教你軟體防毒

他們是一群好人出身的慈善家
在報紙電視手機網路不停複製絕望
如忙於繁殖圍堵解密病毒
再拋給你疫苗的救生艇
消費消費消費成了自救的贖罪券
但幾百萬人死亡都不比他們
捏掉一條指紋的皮屑
更有味道

他們不製造混亂
他們在每個人的後腦勺插上神祕晶片
他們不運轉你
因為有你
地球在他們股掌間運旋自如

如此照護你一世一生

他們是無役不與又如如不動
尖塔高座的大神

二〇二一年七月三十一日

〔四稿〕

末段：

如此照護你一世一生
他們是無役不予又如如不動
由潛意識集體塑造
穩穩高坐你心尖的大神

二〇二一年八月一日

〔五稿〕

中間：

你是他們運算世界咀嚼天下食色
或相互砍殺時擲出的籌碼
自歷史的那端到歷史這端
他們永遠是搖骰子的莊家
而你只有不停下注的份
在田在房在股市在職場在選票在流行
在產房與殯儀館間
在你想又不能的餘生裡

末段：

如此照護你一世一生
他們是無役不予又如如不動

高坐孤塔，據你心尖和潛意識
你鄙夷，又對他稱臣俯首的
大神

二〇二一年八月二日

〔六稿〕

末段：

如此照護你一世一生
他們是無役不予，高坐孤塔
早嵌入你心尖和潛意識
你鄙夷，卻對之稱臣俯首的
大神

多巴胺

姬並不知道，牠到底住在她的身上，還是那男人的身上。那男人才伸出手，姬就止不住地顫抖，就把那隻手狠狠抓住，從此收進抽屜裡去了。沒事時就拿出來欣賞，那長了很多毛的手，好像一隻小野狐，會鑽到姬的心裡去。

而好友在手機裡警告她：這樣的手最多只宜收藏三十個月，此後就慢慢聞不到狐騷味了。

姬從此焦慮不安，打開抽屜又馬上關上抽屜，但狐騷味卻日日從她的鼻口或耳孔冒出來。到後來，甚至在想起抽屜時，就看到一隻小野狐從腦後杓鑽出來咬住她耳朵說：「喂，我住在妳腦核裡啦，不是妳跟他，是我跟妳啦！」

姬住院了，院方派人去她住處檢查她的「抽屜」，只找到一張畫，貼在牆上：木桌、抽屜拉開、正往地下掉出一些毛。

二〇一三年九月刊於吹鼓吹詩論壇十七期

二魚

——送S.L.

那時，你的左手是一條魚，游進文學裡，溶在書頁與書頁間，你的右手是另一條魚，游入飲食中，滑進雜誌光潔的封面裡去了。然後你的身體你的頭你的足都沉沒到裡頭，很久都沒聽到你喊：「救我！」你的救生員穿著筆挺的西裝，英氣風發在校園在詩壇與眾圓桌執劍的武士們與歷朝歷代諸食譜文人群比劃、奔馳，唐吉訶德地正開著疆闢著土，而你是，以兩條魚築成千里遙長的糧草部隊……

要很久以後，才偶爾看到你從書頁與書頁間抬起眼來，喘個息，然後是整個臉，整個頭顱，整個脖頸，整個上半身，整個身體，你的左手抽出來時已不是金鱗狀了，你的右手抽出來時也已不是金鱗狀了，你左拍一拍右拍一拍，竟然有風拂到眾人眼前，然後你飛了起來，你的唐吉訶德從戰場回頭追來，躍過眾人頭頂要去抓你，但來不及了，在空中你左右拍打的是一雙翅膀啊。你回眸一笑，安詳地飛入一片金光中。

二〇一三年三月三十日刊於聯合報副刊

人人心中有座禁閉室

退伍前三天，那座禁閉室大叫了一聲，一個下士，一個大學生，一塊媽媽心頭之肉，轟的一響，摔碎在地上，幾幾乎像一秒鐘的大地震，把真相摔成幾百塊碎片，每片都反映著禁閉室有稜有角幽閉冷酷的面貌。

幾幾乎有二十五萬人以一天的時間湧進這間禁閉室，擠進每塊碎片中、擠入監視器昏暗的鏡頭中去查看真相。雖然真相早已爬出了禁閉室，二十五萬人仍然同時打開智慧型手機，用網路吐出白色之絲，纏繭這座禁閉室，「這其中一定可以孵化出什麼吧？」沒有人願意離開這座「禁閉室之母」。

結果出來了：「禁閉室之母」早就下了無數顆蛋，孵出了數不盡的禁閉室！孵在調查員心中，他以檔案操死了真相；孵在民代心中，他以權術操死了法案；孵在領導人心中，他以低民調操肥了左右官員，操老了自己。

而孵化在我們心中的禁閉室，豈不正想方設法操胖操傻操癡操貪操醜操皺我們？操成盲目之人操成無聊之人操成性冷感之人？所有或大或小禁閉室內外之監視器無不持續運轉，繼續以老眼昏花的鏡頭監視著，從未遭到移動、遮蔽和破壞。

二〇一三年八月十四日刊於聯合報副刊

瘟神占領的城市

車輛停駛
城市空盪無人

瘟神裹著風衣戴上口罩
沿著每家窗戶和螢幕散播著恐和慌

祂指揮病毒像指揮雲的方向
叫人們用肺把污濁的空氣吸回去

每個街角都聽得見祂陰陰的笑
地球正在關機當中

唯有口罩機像印鈔機似忙碌
棺木一夜間黃金般被搶購一空

在武漢在東京在倫巴底在馬德里在倫敦
有孩子不停問：為什麼看不見摸不著會叫病毒

天空滴下、河流流出清澈的眼淚幫忙回答
只剩下老鼠蟑螂在街頭悠哉漫步

在紐約在馬尼拉在雅加達在吉隆坡在開羅
野豬闖蕩餐館麋鹿在巷弄中迷路

瘟神用祂的袖子大筆一揮
全世界引擎一起熄火

一片風衣拍拍蝙翅飛走了

留下這塵世無法呼吸的　黃昏

二〇二〇年三月二十九日刊於聯合報副刊

疫事截句六首

系統

——武器都買了，豬肉都吃了，疫苗呢？（柯P）

究竟什麼在系統外飛？
活著，任人滑鼠
被運算於暗黑的系統內
出生叫登入，死亡叫登出

二〇二一年五月三十一日刊於《facebook詩論壇》

承恩門

確診者

螢光幕上全島繼續跳增著病毒
官威何止十足，凜凜踩凹我們眼球
又有人從橋上自街角由廁所
跳進指揮官嘴中冷冰冰數字裡了

二〇二一年六月十四日刊於《facebook詩論壇》

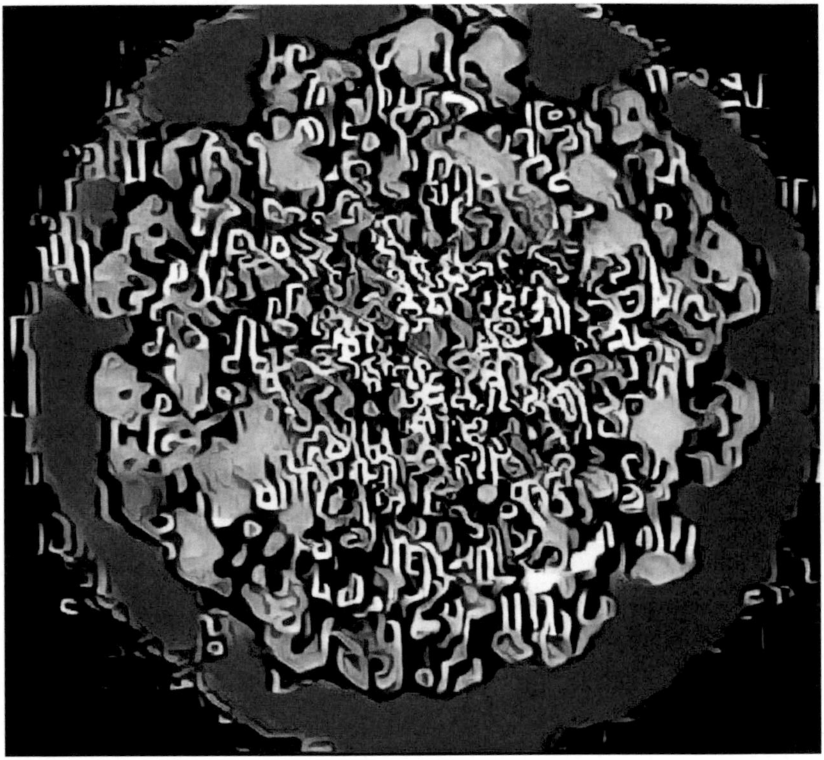

高端

權與財遠遠分站高高懸崖兩端
風吹衣袖飄出沒人看懂的暗號
斷崖深谷下骨灰飛揚中有人嚎：
「冷冰冰數字不如冷冰冰屍骨寒啊」

二〇二一年六月十八日刊於《facebook詩論壇》

冷冰冰

冷冰冰從不覺得自己有多冰
她們由一塊塊冰冷的額頭滑下來
一個個靠在指揮官的耳朵邊

小聲開始報數，說：「我姓冷，叫冰冰」

二〇二一年六月十九日刊於《facebook詩論壇》

破口

冷冰冰從煙囪口掙脫出來
太空中搜尋地面自己的出生地
最後飛到一架編號3＋11機窗前
開始嚎啕：天呀！多美的陰道口！

二〇二一年六月十九日刊於《facebook詩論壇》

確診者2

冷冰冰自空中俯瞰床上軀殼
第一回觸摸自己冰肌的竟是法醫
窸窸窣窣只似落葉裂開了秋天
誰聽得到一顆心碎破的聲音呢

二〇二一年六月二十四日刊於facebook《時事・新聞詩》

尖頭族們

——其商人通賈，倍道兼行，夜以續日，千里而不遠者，利在前也
（《管子．禁藏》）

關於奸與商、商與尖的辯証
那是雲與戰爭才愛談論的話題

在尖頭族和他們遙
遠的旗桿之間
人群是自動匍匐的小草
餵油吃油，餵屎吃屎

這世界本是大掌巨足者

所據有，無心沒肺缺腸
身體方夠輕，方便尖頭族們
坐成巨型割草機四處滑行

聽，四野滾動的絕非頭顱
盡是金幣的
嚎叫聲

二〇一四年九月三十日刊於聯合報副刊

每粒沙都是浪花的枕頭

浪行千里
沒有一粒沙不是木魚
隨搭搭作響的漁船翻滾
在強勁的引擎掌控中
每一粒沙都被敲擊，於船尾
於白花花唱誦的經文中翻滾
但沒有一粒沙願被敲醒
永遠也敲不醒

一整個世紀就是那條
少數人搭建、浪行千里
從壯健到破爛的漁船

我是它行經時偶被翻攪
木魚般對待的一粒沙
瞧那船，終究遠遠跪躺下來
在歷史荒涼的岸上

我是敲不醒的一粒沙
上了灘也不會是它的
我是
浪花的枕頭

二〇一七年十二月一日

如果這裡的磚頭也有記憶

——印象中山堂

如果這裡的磚頭也有記憶
說不定會記得
從艋舺老松國小怯怯
鑽出來一位小學生
穿上那時代一樣皺皺的卡其服
眼睛跟著天空的雲
前來領他的小模範生獎

如果這裡的磚頭也有記憶
一定記得廣場上曾有拳頭高喊萬歲
有外賓如星聚有黑頭車如船穿梭

有為二二八奔走叫囂聲
有人嗨嗨嗨遞上投降書
之前有飛機呼嘯投彈
爆炸了機槍掃射的交響

如果這裡的磚頭也有記憶
再之前有嘶嘶馬鳴夾雜吉普車開道
有總督馬靴擦響佩劍
齊向極北東京九十度作揖
恭賀築好大東亞共榮圈

如果這裡的磚頭也有記憶
說不定會記得
其後有位詩人憤憤跳上光復廳舞台
大發慰安婦不平之鳴：
「來吧，歷史，踩爛我
讓我好好地愛你們的腳跡！」*

如果這裡的磚頭也有記憶
會記得七〇年代校園民歌就自此地出征
攻佔了收音機電視台
和八〇年代年輕的耳朵們
往後的詩和歌都夢想
拼命鑽入這座會堂的每塊磚
駐紮下來
夢想清理關於戰爭
和政治的污
和垢

如果這裡的磚頭也有記憶
在它被砌上牆壁前應隱約感覺
它的腳底曾是清朝官帽倒下的衙門
衙門砌起前曾是土著出獵自由的沼澤
沼澤之前曾是萬雲齊聚的湖泊……
但這裡的磚頭不會想記憶這些

也說不定還有一株老樹記得一點
或一滴
至少會有一粒不曾離開
飛起又落下的灰塵
記得

*註：借自白靈〈聞慰安婦自願說〉一詩。

二〇二〇年六月二十六日

死，是一切之峰頂

而非深洞之黑谷
有限的肉身喊一聲：解散

非水滴之蒸發
也非化為無，是祕黑事物之

爆發，是能量一滴
一點一絲之跳起

細小，且完美地飛揚

二〇一四年三月二十日

天眼

——齊柏林

第一次從眉心長出
第三隻眼
第一次看見台灣
頭顱如是尊榮
體毛濃密
汗腺潺潺

那時我們站在你羽翼上
追雲趕霧獵獵飛行
而直升機螺旋葉
是你背著的羽翼

你以兩袖清風釋放了
天空
海
和這座島

台灣卷軸式
向前向前鋪展開來
海的前方奔來一座座山
山前方昂馳著一匹匹鹿
鹿蹄下扭動著一條條溪
溪兩旁筍子般竄起
一棟棟樓
陰私處卻灰濛發腫

你的鏡頭
是無限伸長的手指
輕觸著這土地每寸肌膚

你的俯瞰是雷射光
重雕不同象限上
山的稜線

那時我們站在你鏡頭上
行雲穿霧獵獵飛行
第一次從眉心
同時長出大慈
與巨悲的
第三隻　眼

二〇一九年

427 無齒日

——夢見颱大被拔了牙齒

半夜一隻巨獸衝進颱大，警鈴大作，門太窄獸太大，巨獸乾脆帶門而奔，迅即伸一根指頭輕易就折好一支「無帽棍」。所有被遴選出的警衛像是廢了武功，全被一棍打到高空，一個個掛在椰子樹上。

教授和學生只敢在一旁看熱鬧，凡開腔說話的、露齒而而哭或笑的，甚至汪汪狗喵喵貓一張嘴，即被迎面掃來的「無帽棍」打落牙齒，而且還一整排。才開過流蘇花靜躺百年的最夜湖笑笑的用皺紋將它們默默摺好。遠遠的訃鐘從來沒這麼悶，一整日怎麼敲也敲不響。

巨獸橫行校園一圈，睥睨一切皆如蟻後，伸伸腰大大哈欠，搖擺著獸臀，丟下大門和無帽棍，一步就跳出校園去了。

颱大從此沒有了牙齒。

二〇一八年四月二十八日刊於《facebook詩論壇》

教育布長

——夢中聞颱大議決有得

那一天半夜裡，一輛吉普車從蟲桶府開進教育布長的辦公室，丟下滿滿一桌子黑色布匹，疊到天花板，就從後門開溜走了。從那天起，只要這個布長或哪個布長一張口，就有黑蛇從他們深喉嚨中射出，彎來扭去爬了三個月才射到颱大門口，想趕緊用黑布把兩個精神指標抹成訃園和訃鐘。幸好硬是被校內終於伸出的77雙手給擋住了，老半天就是讓巨黑蛇擠不進門。

這塊長長如背後有千年老女巫助力吐出的黑蛇布沿著圍牆鑽來鑽去，開始把颱大纏來繞去，就是要堵住大門側門後門旁門地下室入口並灌入黑煙，好讓整個校園像遭巨獸以洪荒之力掐住喉嚨喘不了任何一口氣。其他的大學站得遠遠的，都看得目瞪口呆，眼前無不一片昏天暗地，伸剪出劍

的有之，跪地輸誠的有之，一場混亂的頂住黑布蛇之戰眼看就要在千萬隻
手機上熱鬧展開了啦！

二〇一八年五月十三日刊於《facebook詩論壇》

〈碧潭〉的聯想

陳澄波原畫

——陳澄波說：「油彩就是我」，所以碧潭就是他，碧潭也就是海峽，他是連通兩岸的吊橋。二二八事件之中，他過「危急之橋」前往談判，竟是赴死之約。

那天的雲還停在潭心嗎
他的熱情是那十幾棵樹
高聳著肩
在山的稜線上飛跑

那天的船還停在潭心嗎
他的沉重是那渡者
坐在船尾正思索

如何划動兩岸這一百年的愁

那天諸多人影還停在潭心嗎
吊橋自白色的蛛網中
一路噴射到左岸
他用幾萬隻腳在空中顫巍巍奔走

那天的釣餌仍停在潭心嗎
枯樹在背後搖晃殘涼的旗幟
釣者還在以桿影摸索　他已開始——
用碧潭聯想　像包容了整座海峽　和兩岸

那一年　停在潭心不曾離開的
是他執著畫筆的　倒影……

二〇一三年七月

邀屈原到大成濕地賞油桐花

——屈平詞賦懸日月，楚王台榭空山丘（李白〈江上吟〉）

知道您有點悶，一直質疑，為什麼所有台灣出版的現代詩選都沒有一位姓屈的子弟站在上頭？五月初，油桐花開到鼎盛的那個凌晨，我遂開車到彰化市景觀公園，邀您從座台上暫時走下來，趁破曉前，驅車至大成濕地看油桐花。您欣然上車，卻側目問我，看花為何到濕地去？我說，屈夫子，因您一生的潔白，中國兩千年長卷開滿了您詩的門生，台灣平媒和網路摩肩擦踵絡繹於途的皆是您詩的弟子，為何還在乎姓不姓屈？您開懷大笑，這時全台灣油桐花不知因您的笑聲而震落了幾萬朵？

到達濕地，我們身後東方，中央山脈上頭，一朵巨大的油桐花剛打開亮光，我們背對它直奔堤岸下的濕地，風從濁水溪口灌過來，您的白袍衣裾獵獵作響，朝曦將您瘦長的身影朝前方長長地投射出去，向西，直直追入退縮的海裡，像您那篇離騷，深入歷朝歷代所有詩人心底至少六公里長，我追隨著您就沿著牛車路深入濕地深入離去的白色的騷動走了六公里，回身時，漲上來的海潮一秒鐘就將我們送回堤岸。我說，屈夫子，因您一生的潔白，台灣這塊最亮麗的濕地是所有的詩人由吳晟帶頭跪在您剛剛踩過的足跡裡，俯身被海淹沒後才保留下來的。屈夫子，信不信，因您兩千年不肯屈服的潔白，台灣海岸所有的浪花願意一年才翻身笑一次，開一次油桐花；屈夫子，因您的潔白，從南到北，所有的油桐花願意一秒鐘就哭完，像浪花，甘心一秒鐘就全部從樹頂轟然墜落，撞響這塊土地！

現在，看您又悠然站在眼前座台的上頭，除了這篇詩，無人知道您去過大成濕地，除了您的一雙鞋沾了濕地一點甜甜的，黑，泥。

二〇一三年六月十二日刊於聯合報副刊

卷三

這座城

一切會像不曾開始
但自從畫下第一張淘金圖
有誰毫髮無傷地
離開他的　夢？

山腰望宜蘭平原

最後一盞燈
像最後一場夢
來不及跳上
開往遠方的早班車
就被　清晨的鳥叫聲
給　吹熄了

二〇一四年七月四日刊於聯合報副刊

訪九份耆老有得

那些年，芒草搖一搖
就有金粉掉下來

老人們起身時
連葉子們都站住了動靜

一大清早，清楚聽得到隔鄰
有新人，正做著傳播花粉的事

後來日子就只剩傘骨了
闔起，打開，什麼都遮不住了

二〇一四年七月四日刊於聯合報副刊

大板根雨中即景

行人以五花八門的傘
走彎了林中小徑
沒人瞧見闊葉芋下
一隻青斑鳳蝶正閉著眼
任一斤一斤的雨
躍背而下

吸盤住大板根
一閉一睜的棕紅拉杜希代蛙
正看著鉛色水鶇在隔隣枝枒上
以牠的小圓顱當頭SPA
抵擋整座森林的雨勢

此際，一隻繡眼畫眉
於松葉林中蜿蜒穿行
轉個彎，竟朝我疾飛而來
瞬間劃傷我的額頂

嚇醒了我手握未沾之咖啡
開始漣漪整座窗城的下午

二〇一七年十一月刊於野薑花詩集第二十二期

夜宿金瓜石

誰何曾瞥見夜
及無數的手掏空後
一隻瓜惑魅之身影？

連牛頓也計算不出
用鐵鍬製造天籟的
幾何結構吧？

傳奇和地圖如何量測
滿山瑩冢和一地火金姑
不眠的集體潛意識？

深入地心的礦坑啊
如伸進上帝之眼
有七百億光年那麼遙遠

連蟲聲也把這隻瓜叫空了
仍有多少雙不闔之目
如睜開的新月

一秒又一秒，割裂著窗框
也享受著，彷彿
愛被地球搓揉的小草

註：總面積不到五平方公里的金瓜石，據聞地下縱橫交錯的坑道長達六、七百公里。

二〇一五年二月二十七日刊於聯合報副刊

附：〈夜宿金瓜石〉原稿檔案（共十四稿）

〔一稿〕

何曾瞥清夜之身影

（由乒乓詩第36則之隨意剪貼出現的字眼「身影」、「天籟」、「幾何」等詞開始。但主軸是因二〇一五年一月十八日在國家書店楊小濱的《楊小濱詩X3》新書發表會上，談到陰性的力量與不可知或暗能量的關係，因此本詩由寫夜出發。）

象天堂網頁之
乒乓詩36

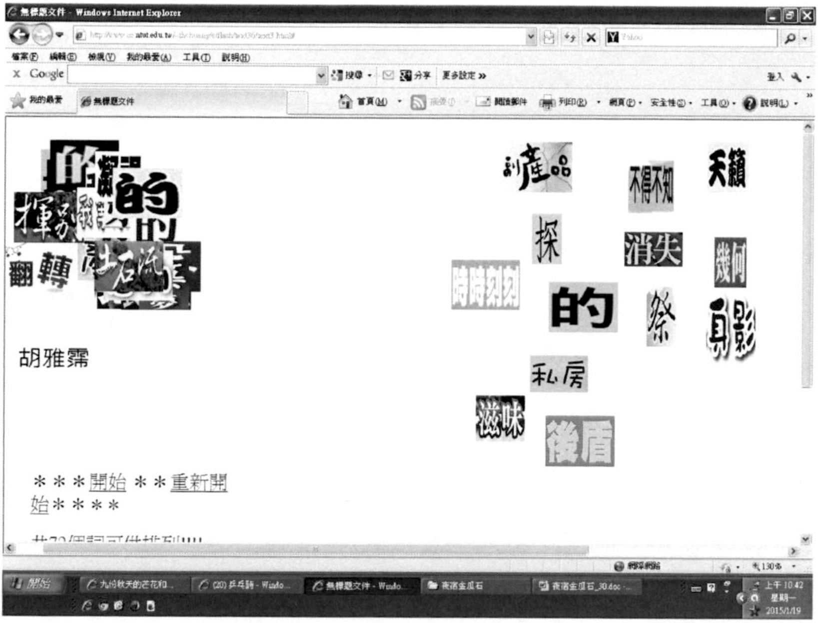

〔二稿〕

何曾瞥清夜之身影？
連牛頓也計算不出
天籟的幾何結構吧？

〔三稿〕

誰何曾瞥清夜之身影？
連牛頓也計算不出
天籟的幾何結構吧？
今晚新月割裂的窗框
也絕非太陽偶發的副產品

〔四稿〕

誰何曾瞥清夜之身影？

連牛頓也計算不出
天籟的幾何結構吧？

新月割裂的窗框，和我的不眠
豈是太陽偶發的副產品？

〔五稿〕

誰何曾瞥清
夜之身影？

連牛頓也計算不出
天籟的幾何結構吧？

當如何量測一地螢火
不眠的集體潛意識？

新月割裂的窗框，和我的不眠

豈是太陽偶發的副產品？

〔六稿〕

誰何曾瞥清
夜之身影？

連牛頓也計算不出
天籟的幾何結構吧？

當如何量測一地螢火
不眠的集體潛意識？

今夜這座山，多少雙眼
如睜或不睜開的新月割裂的窗框，和我的不眠
豈是太陽偶發的副產品？

〔七稿〕

誰何曾瞥清
夜之身影？

連牛頓也計算不出
天籟的幾何結構吧？

當如何量測一地螢火
不眠的集體潛意識？

今夜這座山，多少雙眼
如睜或不睜開的新月

割裂著窗框，和我的不眠
豈是太陽偶發的副產品？

〔八稿〕

誰何曾瞥清
夜之身影？

連牛頓也計算不出
天籟的幾何結構吧？

當如何量測一地螢火
不眠的集體潛意識？

今夜這座山，多少雙眼
如睜或不睜開的新月

一秒又一秒，割裂著窗框
也享受著，像被地球搓揉的小草

〔九稿〕

〈夜宿金瓜石〉

誰何曾瞥清
夜惑魅之身影？

連牛頓也計算不出
天籟的幾何結構吧？

當如何量測一地螢火
不眠的集體潛意識？

今夜這座山，多少雙眼
如睜或不睜開的新月

一秒又一秒，割裂著窗框

也享受著，如被地球搓揉的小草

（會以金瓜石命名與後來在網路上看到的網頁文章有關）

〔十稿〕

〈夜宿金瓜石〉

誰何曾瞥清夜
及黃金惑魅之身影？

深入地底的礦坑
如伸進天庭七百公里

連牛頓也計算不出
天籟的幾何結構吧？

當如何量測一地螢火

和滿山魂瑩不眠的集體潛意識？
今夜這座山，多少雙眼
如睜或不睜開的新月

一秒又一秒，割裂著窗框
也享受著，如被地球搓揉的小草

〔十一稿〕

〈夜宿金瓜石〉

誰何曾瞥清夜
及金礦惑魅之身影？

連牛頓也計算不出
用鐵鍬製造天籟的幾何結構吧？

當如何量測一地螢火
和滿山魂瑩不眠的集體潛意識？

深入地底的礦坑
如伸進上帝之眼七百公里

今夜這座山，多少雙眼
如睜或不睜開的新月

一秒又一秒，割裂著窗框
也享受著，如被地球搓揉的小草

〔十二稿〕

〈夜宿金瓜石〉

誰何曾瞥清夜
及金山被掏空後

惑魅之身影？

連牛頓也計算不出
用鐵鍬製造天籟的
幾何結構吧？

當如何量測
滿山魂瑩和一地螢火
不眠的集體潛意識？

深入地底的礦坑啊
如伸進上帝之眼
七百公里那麼遠

今夜這座山
仍有多少雙眼
如睜或不睜開的新月

一秒又一秒，割裂著窗框
也享受著，彷彿
被地球搓揉的小草

〔十三稿〕

〈夜宿金瓜石〉

誰何曾瞥清夜
及金山被掏空後
惑魅之身影？

連牛頓也計算不出
用鐵鍬製造天籟的
幾何結構吧？

當如何量測

滿山塋冢和一地火金姑
不眠的集體潛意識？

深入地心的礦坑啊
如伸進上帝之眼
七億光年那麼遠

今夜這座山
仍有多少雙不闔之目
如睜開的新月

一秒又一秒，割裂著窗框
也享受著，彷彿
被地球搓揉的小草

〔十四稿〕（完稿／改後半）

傳奇和地圖如何量測
滿山塋冢和一地火金姑
不眠的集體潛意識？

深入地心的礦坑啊
如伸進上帝之眼
有七百億光年那麼遙遠

連蟲聲也把這隻瓜叫空了
仍有多少雙不闔之目
如睜開的新月

一秒又一秒，割裂著窗框
也享受著，彷彿
愛被地球搓揉的小草

新九份五首

緣起

一座當年礦工的銷金窟、青樓酒家賭場林立的百年山城，如今參差錯落著茶館、小吃、商家、民宿、藝坊，成了遊客擦踵摩肩的觀光景點。卻很少人去注目，山城之南的小金瓜深處靜置著三百公里長糾纏如微血管的坑道，其上是廢了村的大、小粗坑遺址，其旁是孤立古道的「無緣之墓」。也甚少人願登上山城之北淨爽無垢的大肚美人山，或細察其東群立西望、老礦工們魂魄所駐紮的「夜總會」，以及四下遍野正等待深秋白頭的芒花海，那裡藏著更多底層、淒美、動人的故事，是更原始更九份的九份，卻一件件如鐵鍬、鑽子和頭燈正在生鏽、剝落……。我與一群社大的學員，十年來多度探身，試著以詩和攝影打開這座「記憶微潤的山城」。而不變的，哦，是日日在變的，唯海、風、和落日……。

這座城

是一扇扇的窗
打開
這座山城的

一雙雙金魚眼
自數不盡的窗口
高角度射向青空

最瘋狂的歲月裡
被坑道伸出的魔幻的
金手指　紛紛敲落

湯圓般叮叮咚咚
滾落豎崎路的數百級石階
滾掉三教　滾走九流

但窗子內被捻亮的
心啊　整整一百年
沒有一盞
沒有一盞
肯　闔一下
眠

二〇一三年十一月十三日刊於聯合報副刊

所謂金子

所謂金子
不就是千百個礦工掏出的矽肺
熔在一起打造的嗎？
堅硬如敲下夜空的額頭
碎　碾　淘　洗

被熔被捶被煉被鍛造
之後可以任意延展　變形
一條條如熔岩金閃閃蛇行的
貪婪

進出指頭或脖頸
豪門或墓門　在世上
永劫不復地　流浪

所謂金子
不就是千百人挖下來的眼珠子
熔在一起打造的嗎？

註：當一千公斤石頭裡含有三克金時，就有開採價值。

二〇一三年十一月十三日刊於聯合報副刊

夜總會

狐獴一般集體起立
站在礦山的坡頂
朝西　張望

白天只等待天上雲朵
拉動它　投下的
柔軟的黑毯

鋪一段，收一段
為上萬位張望的魂
一一闔　目

夜晚看雙城
在左右兩腋揮霍
亮出一方方燈製的　金磚

他們以雙臂盡情收刮
賭博　划拳　幹架　罵三字經
並居高臨下偷瞄

偷瞄世上每塊金磚上他們以汗
和淚刻的　暗號
然後捏熄煙屁股上的殘夢

萬籟俱寂時　最吵的
正是他們在礦坑底繼續
四處縱橫的　腳步聲

二〇一三年十一月十三日刊於聯合報副刊

坑道圖

——長4米×高3米，台陽礦業事務所所見

那礦脈是地球佈置的一顆
華麗的心臟
貼近者　無不停下呼吸
傾聽它　嘹亮的心跳
心機則密密麻麻　佈劃四周

建構無數條微血管鑽進去
又鑽出　鋤頭加鐵鍬
鑽子加炸藥　圍攻它
直到礦脈和人　非亡
即傷　卻不知誰是贏家

直到時間停下大小心跳

直到小鐵軌運走了
礦和礦工的　血塊
直到淘金人擰乾了夢
哄地散光

一座地底神祕的光明頂
在小金瓜下方

二〇一三年十一月十三日刊於聯合報副刊

大粗坑

——吳念真的出生地，在九份和小金瓜山後方，一〇二號公路二十一公里處下方的山谷中

沒有人可以安全地
離開童年
只有吳念真們

從一隻碎裂的大碗公底
飛走了

碗底還嵌著兩塊積木
過去是樓房和學校
老遠地嵌在山谷底端
像百年結的繭　或堆疊的陰影
已看不見傷口的深度

碗底　和碗壁
蘑菇似長出四百多戶
礦工人家
四周曾環著挖不完的夢
堅實如一隻金籠子

現在藤蔓和芒草正飛進來
溪水繼續涓涓滴滴

憂鬱的青苔也在加速
補平　坑坑洞洞的証據
每一處水窪都映出一座山
青覆加綠蓋　還沒有終止
一切會像不曾開始
但自從畫下第一張淘金圖
有誰毫髮無傷地
離開他的　夢？

二〇一三年十二月二日

誰在潭底放了一把火

——日月潭凌晨大霧有寄

誰在潭底放了一把火
潭面　蒸騰一層層氤氳

四面山巒不可見　噤聲的鳥兒
懸在鳥巢上　能看清外面的什麼呢

誰能在蒸籠裡看清所蒸之物
在夢中誰把誰的人影看清？

我一定是第一隻睜開眼的鳥
在潭霧上方　和潭心　搜尋你

塔一樣的身影　看不清
隔著霧的暈　模糊　但堅定

二〇〇七年三月一日

安東坑道

一隻貓前來坑道口查看
這支三百米
石頭挖出的巨管
沿著管壁
一鑿一痕
莫非集體猛敲的
怒　和　火

一群鷗前來坑道口查看
這支三百米
戰爭才鑄造得出的炮管
傾斜向下向下向下

直達潛意識底部的
黑暗
那裡無比巨大的炮彈
曾被擦得烏亮

一隻獸前來坑道口查看
這支三百米
死之本能煉製出的巨炮
裝甲、兵士、火箭
命令和憤恨
從戰神袖子做成的
炮口
一管一管飛出

一隻貓兩隻貓三隻貓
前來坑道口查看
久久久久

才有一群海鳥
飛過

二〇一三年八月二十四日

東湧陳高

無數嘴唇曾在瓶口
築巢
以45度角的舌尖
小心碰觸
液化了的火焰

沒有什麼比喝一口
可燃燒掉更多心事
哈氣時
像一枚久藏的勳章
仰在那裡
就可以發射隆隆的炮聲

微醺時
全身像夜半發光的燈塔
每揮一次手
都可以收拾一場春雨
或一夜秋霜回去
封裝柬引
鎖成一甕甕的陳高

二〇一三年八月

登大膽二膽島

誰能在眼中堅留住
白日的火
不讓黑夜把自己消滅？
誰能在腰間掛上
兩顆膽
加速日子的新陳代謝？

歷史終於還是爬上
一根根鋼管的炮口
開始悲壯的生鏽工程
很多名字堅持守在那裡
又狠又猛地擦拭

很多聲音掉落在花崗岩上
擦拭的動作從不肯停止
即使只擦出星星的亮光
即使最後
成為鏽灰的一部份

二〇一四年

純金的金門

撤退了

只好交給海來看管島
交給風來吹樹
交給瓦來晒日子
交給影子來戰車繞圈子

交給蟑螂來咬碉堡
交給螞蟻來槍管築愛巢
交給鋼刀來捶砲彈
交給候鳥來製造熱鬧

交給幾個垂垂老人
在打盹中
敲打純金的
金門……

二〇一四年十一月九日

高美溼地

大甲溪偷偷刮下的南湖大山
鋪開眼前黑金萬頃
左側雲林莞草揮揮袖　即
一片碧海
右方黑嘴鷗　埃及聖䴉相互撲撲翅
泥灘地上就都蓋滿印章

証明這是功能正常的
一隻台灣腎臟
岸邊大安水蓑衣於風中揚眉
遠方彈塗魚跳著吐怨氣
夕陽將落　哨兵蟹才挺立雙目

和尚蟹就列隊行軍而過
被吵醒的招潮蟹豈甘示弱
紛紛出門揮舞龐然大螯

我們則縮得小小的　不敢作聲
沿著細得如微血管的木棧道
躡手躡腳偷窺這一切
看：遠遠整排白色風車攪動著天
路過的雲把大海上方堆積的顏料
都掀翻

二〇一六年

想像阿里山

風輕輕鬆鬆翻閱著
肖楠樹梢上百年的波濤
林子暗黑，穹頂有光
自八方四面射入林內
如亂槍向下掃射一座黑黑空洞的山腹
我在空空之山的最中心的最底部
向上仰望
一張背光貼在天上
被時間啃蝕的　抽象畫

不同的族群正尋著不同小徑
進入空白之阿里山的歷史中

各自演繹自身的足跡
和生死
山羌、野豬、灰林鴞
黃喉貂紛紛走避
老鷹啣蛇飛起

赤足來的不如穿鞋的
獵豬莫如伐木
信太陽莫若信十字架
弓箭獵刀不敵步槍和大砲
爬山的哪及騎鐵軌上山的
嚼馬告的不若泡茶喝咖啡的
蹄蓋蕨、一葉蘭、龍膽草掉頭閃至暗處
吉野櫻沿山點火而上

背後緊跟著的是吐著大大口氣的
小火車，螺旋型繞兩圈

再打個8字型
才駛離呆坐半路的獨立山
一列下到了北門驛
一列上了祝山
是誰在軌道兩端將鐵軌
用力一拉，山頭應聲而斷
一顆頭顱炎炎如太陽
從鄒族的神話中滾落

佩刀揹弓戴鷹羽冠的族群
自放倒的神木裂縫中蜂擁而出
踏寬了我們的視野
一輛歪斜的「之」字型碰壁列車
終究躺在歪斜的斷崖上

二〇二一年五月二日

卷四

魔鬼花

因為打開天
和打開海都一等美艷
遂引發遠方浪頭
同時射出四百條飛魚

搭機飛臨水都

鋼鐵燒焊的浪花是輪船
水泥揑塑的浪花是樓房
玻璃結晶的浪花是燈火
即使星子的浪花
也是：時間之淚眼婆娑

飛臨水都
我是上一剎那與下一剎那
相激之　火的一瞬
不久也將化成腳下這片
光之漣漪的
一痕

而今夜我
踩上的浪尖
是眼前哪一朵？

二〇一六年一月

在仰光英軍公墓前

19歲、21歲、23歲、26歲、32歲
陽光掃過這些數字時
會不會感到一陣抖索呢
像當年掃過剛冒過煙的槍口
看到許多青春肉體
模模糊糊的倒在前方

最真一部份的我也掉落在那裡
如同碑上的名字
只剩空無的代碼

二〇一七年九月

上下學

——路過土城新北高工有得

大清早，遠處線形公園正鳥聲鼎沸
白鶺鴒單挑大卷尾、綠繡眼點名灰頭鷦
阿婆壽司抬抬手就把這些鳥叫聲
包入了手卷中，讓我們的齒牙
流出太陽的蛋香

到了傍晚，學子們製圖紙上不經意畫著
希望之河的櫻花正在大爆炸
有人在模具中聞到千層鯛魚燒的焦味
汽車實驗時竟把管子看成大腸麵線
走上操場，四周跑道都繞成豚將拉麵

晚霞下，每一間教室都被推得遠遠的
悄悄散發著：土城芋頭的　香

二〇二〇年十二月

冬日黃山行五行

（1）

山，一座座從古畫中醒來
竟比手臂上起的雞皮疙瘩還多
自大地皺褶間鑽出，我驚惶四顧

萬丈深地球的胸肌裂開腳前
千呎高船艦的巨岩駛向天邊

（2）

天下的雲老是愛團進，團出
青松眼底，千山也不過若有似無

揹夫、遊客、時間的皮膚，雪片樣落下
終究又溶去，黃山都不曾言語
它的胸腔空得只想安放一整座　月亮

二〇〇九年三月

忘了跟我

馬鞍藤不想離開沙
拼板舟不想離開魚
蘭嶼不想離開海
一定掉了什麼
忘了跟我　一起

推開椰油部落的港口

二〇一六年五月二十三日貼於臉書

浮

水草生浪
岸浮沙舟
礁岩如此崢嶸
蘭嶼你
下　不下海？

二〇一六年五月二十三日

我來蘭嶼

眼珠子落地滾動
慌亂如
今之蘭嶼街弄

回望大海
飛魚去腸剖心
沒了眼珠
不知飛向何方
只得把藍天
裝進瞳孔裡了

二〇一六年五月

龍頭岩

龍頭岩上找不到
達悟人的簽名
龍門港裡從不停泊拼板舟
蘭嶼貯存廠也不貯存文物
我的鏡頭抓不住達悟人的笑

只見漢人的龍，仰首
吞下蘭嶼的天空

二〇一六年五月

在東清灣

在東清灣
學習成為一條船……

小孩笑了，那是基因
面對海，面對鬼頭刀
季節性的動作

不再穿丁字褲的阿公
站在遠處，偷偷發愁了

二〇一六年五月

魔鬼花

四百多柱粉蕊
此刻正撐開夜
站在樹梢上發抖
閃耀，點亮這深黑
沒被人瞥見

盛綻到掉光
從來只演出一夜
因為打開天
和打開海都一等美艷
遂引發遠方浪頭
同時射出四百條飛魚

遂牽動天頂同時垂下
四百多顆星

因為打開地上的夜
和打開地下的夜同等艱難
乃全沒理會
樹腳下埋過的
古老的　蘭嶼

只見樹梢上
四百多柱粉蕊仍在顫動
以看不見的線
深入地底再地底
連結祖靈和咒語
喃喃安撫
這座島的　傷

如四方圍上來的黑浪

二〇一六年五月

註：棋盤樹下為蘭嶼人做為埋骨之處，又稱死人樹。花半夜開扇形，可大到雙掌寬。棋盤花雄蕊粉紅，多達二百多到五百株細柱。被稱魔鬼花。

用腳踏車載走的

——寫鍾永和一九九四年宜蘭三星鄉所見

把時光載來的
是坐穩童年的小娃兒*
將時光載走的
是永遠朝前的兩圈輪影

是上下踩踏的腳影
是嘴上叼的煙影
是一袋袋噴著香的
瓜影　菜影　果影

仔細地嗅　或摸
一定還載走了
一袋日影　月影　星影
一袋雨影　水影　和人影

所有瓜田　菜園　稻草堆
和遠山　都很不捨
坐著風　並倒影在車輪鋼圈上
一路　尾隨

*註：鐘永和這張主題照片中，後座載了一個小孩。

二〇一六年

（鍾永和攝）

玩在一塊

——寫鐘永和一九八九年金門所見

拉動陀螺的繩索
顫危危　鞭策出一顆
裸圓快轉的木質童年

不再像點燃一枚銅質炮彈
不知要落在金門
還是廈門誰家的頭上

陀螺比炮彈好纏多了
任誰都要閃身
讓開歲月　運動的空間

笑臉欠身　停格
赤腳踏住年代
繩索抽出快轉的　一枚金門

二〇一六年

（鍾永和攝）

青春在風中耳語

——鐘永和一九九〇年屏東所見阿兵哥

青春在風中耳語
這樣那樣　你知我知就好

我們自由地朝前奔馳
在他們背著或坐守的包袱中

但誰能守住誰一生
像從不開走的港灣或小島？

旗幟如何才能不從桿子上落下？
槍舉高　能高過一個國家？

體魄最好的男兒們停駐在
額頭滴落的一滴汗水中

二〇一六年

（鐘永和攝）

那年在鼓浪嶼

礁岩是黑鍵
浪花是白鍵
黑鍵白鍵繞島一周
海把整座島按彈成
一台巨型大鋼琴

來往的客輪以修長優雅的手
伸進鍵群中，再伸出
遊客是船的手指縫間流出
又收攏的音符
菽莊花園兜售彩色的花音
最高音會落在日光岩上

但我是掉出五線譜還沒找到
恰當音階和停頓長度的
休止符
眼珠子沿著中華路滾動
尋找著母親離鄉時掉落的
那串淚滴
最後在一棟古房子前停下
發現一屋子的恐慌
而我就是樹叢後
一片蟬聲中
會吱吱叫痛的樓板

浪花是白鍵
礁岩是黑鍵
黑鍵白鍵猶花燦燦
繞著一九四九年的小島

彈了　一周
又一周

二〇一八年七月

到最後

到最後
雲躲入湖裡
鳥躲入土裡
想，能躲入誰的懷裡

晚課的鐘磬火了
瞬間就追捕到
貼在天邊的眼神

二〇一八年十一月九日

華欣校園印象

拎著鞋　著白袜
低聲過校園
欠身　合十
毛毛蟲般相互交談
關於泰式蝴蝶的心境
啊　他們拎著的是蟲變蝶的蛻衣

二〇一四年八月十四日

一笑天下鬆

因為不會飛
上天為我們發明了笑

笑是
全世界浮力最大的小船

日日在臉頰上
張開翅膀

二〇一四年二月

旅店

四樓，年輕旅人一夜以自慰消火
三樓，婦人攬鏡嘆息腰身
背後，大睡去一名壯漢
二樓，商人還在鍵盤上算計明天
一樓，老店家鵠候著眠神幫他關門

窗外，是正在下沉的鉛色的月亮……

二〇一四年七月

旅人

旅人正轉動著眼前的
一只咖啡杯
如轉動一個奇形怪狀的頭顱

裡頭裝了　苦的夢想
甜的憶　酸的心
以及遙遠的一家子　辣的叫

二〇一四年七月

有什麼比一條河

有什麼比一條河更適合
奔向夏天？

千萬朵雲的遠方聚攏其中
長腳雨的流浪聚攏其中
溫暖於內，清涼在外
一條河自你背後右肩
通過你的血液穿左肩而出
滾滾向夏天
奔馳而去

有什麼比一條河能載更多眼睛

奔向夏天？

老榕彎身河面數不清河底
自己的千隻腳趾
岸邊黃葛樹抱滿懷音符
等待叮咚水面
快看！那河！當你眼中有魚
銀銀一閃躍出我心頭
彈著的，會不會是這夏天
最高的音階？

有什麼能比一條河擁更多能量
奔向遠方？
我們撐傘的前端
這條河正轟轟通過傘面

附錄

全方位、陌生化寫詩觸角
——談白靈詩〈夜宿金瓜石〉

日期：二〇一五年四月十八日／下午三點至五點
地點：胡思二手書店（公館店）
主持人：林煥彰
與談人：靈歌、葉莎、季閒、劉曉頤、項美那
記錄：劉曉頤
影像：以發言先後為序

一、討論詩作

夜宿金瓜石／白靈

誰何曾瞥見夜
及無數的手掏空後
一隻瓜惑魅之身影？

連牛頓也計算不出
用鐵鍬製造天籟的
幾何結構吧？

傳奇和地圖如何量測
滿山塋冢和一地火金姑

不眠的集體潛意識？

深入地心的礦坑啊
如伸進上帝之眼
有七百億光年那麼遙遠

連蟲聲也把這隻瓜叫空了
仍有多少雙不闔之目
如睜開的新月

一秒又一秒，割裂著窗框
也享受著，彷彿
愛被地球搓揉的小草

註：總面積不到五平方公里的金瓜石，據聞地下縱橫交錯的坑道長達六、七百公里。

二〇一五年二月二十六日聯合報副刊

二、主持人引言

金瓜石具日據時代採金的歷史背景，和九份、水湳洞並為當代最好的風景區，從基隆山望去，造型完全不同，因其形貌，又稱「大肚美人」。之所以叫金瓜石，是因為它曾經最重要的功能是採金，喻其像金瓜般開採不盡。

白靈本身學自理工科，具科學背景，用這方面素養寫詩，能寫出不同於文學院背景者的角度、況味。他寫這首詩的思考點基於從前金礦在地底下，而採金設備簡陋，支撐力不佳，導致一些礦災悲劇發生。這些工人是犧牲者，如此辛苦，冒生命危險，利潤卻都不是自己的，而歸於資本家。

讀詩者如果能對詩的緣由有所明白，就能設想更多，聯想到詩種哪個暗示所指涉的是什麼。

三、討論摘記（按發言順序整理）

葉莎：

金瓜石曾經因為開採金礦而與九份繁華一時，九份因為電影《悲情城市》一炮而紅，《無言的山丘》即以日治時期的金瓜石礦業為背景，原本隨著礦產枯竭而沒落，後來因此而重新被喚醒。

這首詩在結構上，第一段和第五段互相輝映，第二段說地下，第三段說地上，第四段特意拉長空間，「深入地心的礦坑啊／如伸進上帝之眼／有七百億光年那麼遙遠」，這是很厲害的手法，突然的跨越使這首詩更不平凡了。這首詩結構完整堅強，條理分明，詩意也由淺到深。每三行是一段。寫詩最忌諱只有表面描述，這首詩對於金瓜石的過去和現在都有了深刻的描寫，詩雖然不長，卻耐人尋味。

季閒：

「瓜」是主題意象，用「塋冢」做連接。在聲音上，有「圓鍬」、「天籟」。「集體潛意識」、「滿山塋冢」指涉很多禍事發生，當地有許多採礦工人挖到一半被埋，所以詩中說「不闔之目」，而且像「睜開的新月」。

靈歌：

葉莎在一開始已經把鋪排結構做了說明，季閒也已經說了典故，我就直接談談詩中有技巧的句子。

我特別欣賞第二、四、五節，尤其第五節是詩中最好的段落。從第二節起，「用鐵鍬製造天籟的／幾何結構吧？」這兩行寫得真好，挖黃金自地底下，鐵鍬敲打的聲音形容為天籟，支撐礦坑的木條形成幾何結構，很特別。「不眠集體意識」，在坑內不見天日，這樣的意象真亮，墳塚的螢光閃閃發亮，也呼應了「不眠的集體意識」。

第四節後兩句也很好，深挖礦坑一直到「上帝之眼」，其實就是指這些工人被活埋去見上帝了，把地心的深邃和危險形容得很棒。接下去第五節是我認為最精彩的，用蟲聲把瓜叫空來形容挖空，「不闔之目」點出這些工人是眼睜睜冤死的，形容「如睜開的新月」。

到最後一節才點出是夜宿金瓜石，因為作者是遊客，自窗內看著外的新月，萬籟俱寂的深夜，新月如刀，「一秒又一秒，割裂著窗框」，月光透過窗框射入房內，緩緩推移時間。場景的轉換，其實是作者緬懷過往後的醒轉。最後這二行「也享受著，彷彿／愛被地球搓揉的小草」有些懸念，也將歷史和現代切割後拉回。我的解讀是，作者身為遊客，感慨前人挖礦之辛苦和危險，現在旅遊此地，回想歷史，自己真是享受啊，相較起來，礦夫的遭遇和自己天地之差，遊客都像是被地球以愛搓揉的小草。以古今對照，苦難和幸福的對比作為全詩的註腳。

季閒：

最後用「小草」比喻人的柔弱。

項美那：

這首詩表達得不太明白，如果把原先誤摘錄的〈宿金瓜石〉詩附在一起看，我比較能瞭解這首詩，否則不能。

林煥彰：

會議記錄可以在討論過後附上那首，一起讀。

劉曉頤：

我原本先看那首，覺得寫得真好，這首卻也不太懂。我不知道金瓜石的背景典故，所以對詩的理解一開始就有障礙。

季閒：

「一秒又一秒，割裂著窗框」，為什麼割裂？這個也難懂。

靈歌：

這要連接上節來看，才能看出道理。昔日繁榮已經不見，也是惆悵的原因之一。黃金即使挖完了又如何？仍然有「不闔之目」；沒挖到，更死不瞑目。但巧妙的是，「新月」這個意象出來，讓人覺得有希望。

寫景詩需要以景入情，否則是失敗的，要加上情感，回到內心消化再表達，才有完整生命。這首詩最後一節用情感把景拉出來，達成完整度。

季閒：

「不闔之目」也許也是許多未眠者的不闔之眼，指遊客住宿在這裡，回憶金瓜石傳奇。「小草」則未必有用意。

靈歌：

也許是其他遊客的心情已經不同，看到新月進入窗框，感到享受。窗裡的人和外面的月亮對照，像搖籃裡的嬰兒，景巨大而人渺小，像是被哄入睡一樣，心靈平靜。

林煥彰：

這是不同的解讀。這個專欄「分享一首詩的意外」，「意外」正是最重要的。

寫詩除了抒發自己情感，全方位觀照書寫一個題目也很重要，讀者應該用白靈的高度來讀，想想如果真的晚上睡在這裡，內心會是什麼感受？因為金瓜石有豐富地理歷史，這是值得很深入去想的。地景書寫，對於地方的歷史景觀文化須要瞭解更多。

靈歌強調特別欣賞第五段，這段最後一行，我的理解是金瓜石過去礦藏豐富，被採空了，住在這裡，聽到各種蟲叫，寂靜感更融合，同時也暗示金子被採空的多重意義。

「不闔之目」回應滿山塋冢。那些工人是冤死的，他們並非資本家，為人賣命，卻因為謀生而死，死不瞑目。想到這點，夜宿的作者睡不著，比喻「不闔之目」像「新月」那麼亮。

整首詩不分段也可以，分段文氣未斷。「割裂」這動詞用得很好，帶來無遠弗屆的想像，彷彿不是真實的，而是想出的感覺。「小草」也是生命，需要有人關照，草之渺小，地球之大，作者想像遍地小草，用以比喻芸芸眾生，未必只指涉死者。

遊客心態不同，作者想得比較多，所想到的是當下的整體地理人文，尤其採礦者。最重要的還是關於金瓜石這地方，金子和人、冤魂的關係是如何？應當由此探討。來到九份或金瓜石，如果沒有過夜，就不算去過。大家試想夜宿於此，並且全方位觀照這首詩。

季閒：

新月這個意象可能有鐮刀的象徵，所以能割裂。

林煥彰：

因為「割裂」而更加形象化，讓人聯想到「新月」像鐮刀一般，有全方位的想像。

靈歌：

「不闔之目」可能也包括遊客。

林煥彰：

統一意象是重要的，這首詩也意象統一，例如「牛頓」、「計算」、「鐵鍬」、「製造天籟」。用「鐵鍬」在岩石縫隙挖礦，是人工方式而非機器，敲下去的聲音並不好聽，怎麼會是「天籟」？這樣反過來形容，更見技巧高超。

靈歌：

詩中沒具體寫出到金瓜石挖金礦；如果真這樣寫，就不是詩了。

林煥彰：

「幾何」、「牛頓」這些意象不是白用的，懂科學的人來讀，感覺跟文科出身的讀者又會不同。文科出身的作者可能只懂得從古典意象挖掘，缺乏新意，而懂科學的人寫詩，藝術成就可能不同於文科，文學藝術界需要不同領域的創作者，讓文學更豐富。例如非馬也是理工科背景。

客家詩人詹冰提出「計算」的詩觀，講求詩文字意象要像數學概念般精確。詩不能無意象，但是意象太多也不好。意象需要統一、具想像的合理化，不同意象相關相扣。

季閒：

這裡背景是鄉野，又是礦脈，延伸出去。「鐵鍬」是鄉野的意象，厲害的是瓜掏空，連結到蟲聲叫空。以旅人身分寫景，更深一層寫挖礦者，從景象的隱喻中帶入感情、哲思。

靈歌：

景深拉近又推遠。

林煥彰：

這是蒙太奇運鏡手法。

季閒：

「上帝之眼」隱喻礦工的宿命。

林煥彰：

又從礦工的宿命隱喻人的宿命，「上帝」兩字用得好，形容深入地心的距離。

靈歌：

詩中一下寫現實，一下寫歷史；前三句用問號，後三句不用問號，像解答一般。

季閒：

後面註解中的「七百里」在詩中衍生出七百億光年，這又讓我聯想到宇宙生成的「大爆炸」理論哩，宇宙的直徑。

林煥彰：

白靈對於數字的使用都有精確的掌握。這裡再強調一次，寫詩不能亂寫，意象也不能亂用。

季閒：

詩應該盡量不加註解，如果要加，就應該達到畫龍點睛的效果。

林煥彰：

這點很重要。現代詩經歷西化過程，許多人會引用西方神話典故，典故不是不能用，但是因為詩的篇幅小，用註解很可能破壞讀詩的快感。因此，典故應該消化成為詩的一部分，讓人可以不用看註解就懂，成為一種「自足」表現。

一首詩需要能夠自給自足，否則就只是賣弄知識。從這點，也可以看出文學成就。

項美那：

這首詩呈現的畫面就在眼前，像從窗裡往外看的視野，讓讀者能跟礦工一起感受。

林煥彰：

作者觀點很重要，寫詩不只是抒發個人情感而已。能夠用理性寫出文學成就是不簡單的。這首詩採取全方位觀點，不只是表現個人的感情。

這樣的題材書寫地方，金瓜石值得寫的是採金，礦工是主角，用墳墓的意象表達死。礦工只領微薄工資，卻付出命過程，還沒死就被埋；事實上他們的生活，每天進入深不見底的礦坑，都像死過一次，所以很多礦工酗酒。每天重複同樣的生活，竟是為了養家，這是他們生存的責任。無論貧富貴賤，活得有責任，都很重要。

用這觀點來看，呈現的是很典型的悲劇，不只是個人感情，如此以全方位思想處理題材很好。書寫客觀，不盡然是遊客心情，而全方位書寫歷史。這樣的歷史也許不會再發生，但即使只是人類歷史上的一小段，而且已經過去，其中礦工的責任意志很可貴。

跟地方有關的詩，就是要看看詩的企圖和景物象徵。這首詩是在旅遊中寫的，能寫出這樣的深度很不簡單，用光年寫出礦坑深度，跳出了旅遊詩的框架。

蘇聯文學家什洛夫斯基提出，藝術通過將事物「陌生化」，增加感受的難度、延長感受的時間，能讓人對平常視而不見的事物產生全新體驗。我們寫詩也可以想像自己是不同身分，追求陌生化。

四、作者／白靈回應

金瓜石與九份是台灣百年近代史最具體的縮影，由荒山野村一躍成為金坑，吸引了幾萬個夢和鋤頭鐽鍬槍砲火藥金店青樓往裡頭填。轉瞬繁華落盡，幾年沉靜後如今又再度成為足供歷史弔念的觀光景點。

然則許多細節卻從時間的縫隙掉了出去，曾來過的本省人、外省人、溫州人、日本人、英軍俘虜均是無足輕重的草上風、無臉男女，比如第一批來到金瓜石的五百二十四個英國俘虜中活著離開的僅存八十九人，其餘死魂多少，竟不可考。除了少數記載外，皆如芒花和小草被時間和風雨搓揉掉了。這些起落不能細索，僅能以詩感嘆。

也可見得數字的可怖，這是此回詩友們討論中提到七百公里改成七百億光年的力量。「牛頓」、「計算」、「幾何結構」、「集體潛意識」等理性辭彙也是試圖與純粹感性拉出距離。而「不闔之目」真的是既指亡者也指失眠的旅人，從今度昔，想像當年礦工們金夢被資產階級割裂割碎的景況。為此，若以各地來此之人的夢碎過程為背景，金瓜石與九份豈不有永寫不完的題材？然則沒有任何一面可以完整表達全部，因此可以理解為何有不懂的質疑，但也或是詩本身的不足。

謝謝主持人林煥彰的安排討論會，也謝謝詩友靈歌、葉莎、季閒、劉曉頤、項美那等的熱心參與解剖、檢視、分析、睽疑和填補，拙詩因你們的寬宏和視野而有了更形豐富的可能。

五、相關詩作

〈宿金瓜石〉四帖／白靈

（1）完成

在金瓜石
黃金是快速搖落的芒花
秋日斜陽下
芒花是被風搖曳開來的
黃金，細碎著我們的，心

只有芒花能完成秋天
只有黃金能完成金瓜石

（2）露頭

哪隻瓜露頭的時候
大地不會一陣騷動？
連幾千公里外的腳都聽得到

一隻瓜成熟後誰料得到它
會粉身成滿天吸血蝙蝠
飛入人間，可以咬

嚙住幾百萬隻脖子
圈勾住無數細長的手指頭叫它喊
我願意

（3）重聚

百年前被甲午的砲彈
擊落的雲

如今養好傷，重聚於此
以它的好看的影子
來回撫摸美人的大肚子*

*註：金瓜石與九份分界線的基隆山海拔五百八十八公尺，於金瓜石遠望，狀若孕婦仰臥大地，髮落陰陽海，曲線靜雅分明，又稱為大肚美人山。又五平方公里的金瓜石保守至少出產過兩百噸黃金，也可能高達五百或六百噸，絕大多數落入日本人手中。

（4）影子

金瓜石剩下最多的
就是影子
十字鍬的影子猶躺在牆角
牆角吆喝的人影仍搖響了碎窗子
窗內的樹影伸手勾住路過的雲
雲的影子爬上大肚美人山
那佝僂的影子神似一個老婆婆
背著一袋金子卻輕盈地

飛過山去了

二〇〇七年二月四日刊於聯合報副刊，
收入白靈詩集《女人與玻璃的幾種關係》
（台北：唐山出版社，二〇〇七）

本文轉載自《乾坤詩刊》
二〇一五年七月第七十五期，
頁一一二～一二〇。

語言文學類　PG2670　台灣詩學同仁詩叢8

瘟神占領的城市

作　　者／白　靈
主　　編／李瑞騰
責任編輯／石書豪
圖文排版／蔡忠翰
封面設計／劉肇昇

發 行 人／宋政坤
法律顧問／毛國樑　律師
出版發行／秀威資訊科技股份有限公司
114台北市內湖區瑞光路76巷65號1樓
電話：+886-2-2796-3638　傳真：+886-2-2796-1377
http://www.showwe.com.tw
劃撥帳號／19563868　戶名：秀威資訊科技股份有限公司
讀者服務信箱：service@showwe.com.tw
展售門市／國家書店（松江門市）
104台北市中山區松江路209號1樓
電話：+886-2-2518-0207　傳真：+886-2-2518-0778
網路訂購／秀威網路書店：https://store.showwe.tw
國家網路書店：https://www.govbooks.com.tw

2021年12月　BOD一版
定價：320元

讀者回函卡

國家圖書館出版品預行編目

瘟神占領的城市 / 白靈著. -- 一版. -- 臺北市 :
秀威資訊科技股份有限公司, 2021.12
面 ;　公分. -- (語言文學類 ; PG2670) (台灣詩學同仁詩叢 ; 8)
BOD版
ISBN 978-986-326-996-0(平裝)

863.51　　110017747